MI VECINA LA GOLONDRINA

My neighbor the swallow

Mi Vecina la Golondrina

Ilustraciones: vecteezy.com/ freepik.com/ vectores-gratis.

Edición de ilustraciones: Juan Carlos Borrego Valdes

Primera edición: español / inglés

Dedicado a mi sobrina
Eimmy Sophya Martínez Troche
y a todos los niños del mundo.

Quiero presentarles
a mi nueva vecina
¿Quién es? ¿Cómo se llama?
es la golondrina.

I want to introduce you
my new neighbor
Who is it? What her name?
It is the swallow.

Sobre la ventana,
cerca del tejado,
ha hecho su casita,
muy firme ha quedado.

over the window
near the roof
has made her little house
and it is very comfortable.

Todas las mañanas
ella me despierta,
con su melodía
siempre me deleita.

Every morning
she wakes up me
with her melody
It always delights me.

Se posa entre mis manos
con gran algarabía,
y luego regresa
a cuidar sus crías.

She perches in my hands
with a great crutter,
and then she comes back
to take care of her babies.

Cuando estoy muy triste
o me siento solo,
ella canta y hace
que lo olvide todo.

When i'm very sad
or I feel alone
she sings and does
that me forget of everythin

Sé que antes del invierno
se irá por las praderas,
en busca de otro cielo
y otra primavera.

I know that before winter,
will go through the prairies,
looking for another sky
and another spring.

Ansioso esperaré
nuevamente su regreso,
sé que pronto volverá,
porque así siempre lo ha hecho.

Anxious I will Wait
again that she returns,
I know she will be back soon
as always she has done.

Mientras tanto cuidaré
que ningún malhechor
destruya su nido.
¡No lo haga, por favor!

In the meantime I´ll take care
that no evildoer
can destroy your nest.
don't do it please!

Cuidemos con amor
a mi bella vecina,
para que en el mundo
siempre haya golondrinas.

Let's take care with love
to my beautiful neighbor
so, in the world
always can have swallows.

Algunas especies de golondrinas se encuentran en peligro de extinción debido a:

-la despoblación rural

-la destrucción y desforestación del habitad a causa de la actividad agrícola y el uso de insecticidas (los insectos son su fuente principal de alimento).

-los constantes cambios climáticos de lluvias, sequías, frio y calor.

-la caza masiva en dormideros de países como Nigeria, Camerún y República Centroafricana (en algunos caen más de un millón de aves). https://elpais.com/

-las duras condiciones a lo largo de su migración.

-la destrucción de sus nidos sostenidos en los bordes de los tejados o balcones.

Evitemos su extinción

¡Protejamos la flora y la fauna!

Some species of swallows are in danger of extinction due to:

-the rural depopulation

-the destruction and deforestation of the habitat due to agricultural activity and the use of insecticides, since insects are their main source of food.

-the constant climatic changes of rains, droughts, cold and heat.

-the massive hunting in roosts of countries like Nigeria, Cameroon and Central African Republic (in some more than a million birds fall). https: https://elpais.com/

-the harsh conditions throughout their migration.

-the destruction of their nests held on the edges of roofs or balconies.

Let's avoid its extinction

Let's protect flora and fauna!

CPSIA information can be obtained at www.ICGtesting.com
Printed in the USA
LVIW011200271120
672554LV00010BA/69